키위 도서관

시작시인선 0167 키위 도서관

1판 1쇄 펴낸날 2014년 8월 8일
지은이 최승철
펴낸이 채상우
디자인 정선형
펴낸곳 (주)천년의시작
등록번호 제301-2012-033호
등록일자 2006년 1월 10일
주소 100-380 서울시 중구 동호로27길 30, 413호(묵정동, 대학문화원)
전화 02-723-8668
팩스 02-723-8630
홈페이지 www.poempoem.com
이메일 poemsijak@hanmail.net

ISBN 978-89-6021-214-5 04810
978-89-6021-069-1 04810(세트)

값 9,000원

*이 책의 국립중앙도서관 출판시도서목록(CIP)은 서지정보유통지원시스템 홈페이지(http://seoji.nl.go.kr)와 국가자료공동목록시스템(http://www.nl.go.kr/kolisnet)에서 이용하실 수 있습니다.(CIP 제어번호: CIP2014021536)
*최승철 시인은 2012년 대산문화재단에서 지원하는 대산창작기금을 수혜받았습니다.

키위 도서관

최승철

천년의 시작

시인의 말

돌의 안은 돌의 밖을 향해
끊임없이 안간힘을 썼을 것이다
그것으로 돌은 돌이 된다
그 자세가 도달하려는 궁극이
자신을 깎아 작게 만들고
헛헛하게 되고
마침내 돌에 닿는
하늘의 면적이 더 커졌을 것이다
오목해진 허공에 손을 넣어
돌의 무게가 느껴지는
층층이 혹은 겹겹이
하늘이 되었을 것이다

차례

제2부

제3부

해설

제1부

어떤 사람에게
볶음밥과 비빔밥은
가난을 감출 수 있는
식사입니다

그림자 식사

다 늦은
애인과 저녁 식사
접시 위에
'카레'라는 말을 놓고
칼로 잘라 내었다

둘로 나누어져 먹는다

질긴 고기처럼
그리움은
부재(不在)를 깨닫는 자리이다

재(在)의 가운데
흙 토(土)처럼
깨닫는다

하늘에서 피워 올리는 꽃

벚꽃에서 휘발유 냄새가 난다
움켜쥐려던 손들이 비틀린다
벚꽃이 질 때의 일이다
왕벚나무를 빙빙 돌던 개가 벚꽃을 향해 짖는다
방금까지 있던 노란 중앙선이 사라진 후의 일이다

벚꽃을 뿜어내려고
왕벚나무는 엔진을 가동하여
작열하는 불꽃을 피우고 있었는지 모른다

하늘에서 피워 올리는 꽃이
도로를 가득 메운 날
가슴에서 타오르던 냄새
아스팔트 수증기 사이로 보이는
하얀 꽃들이 질 때의 일이다

하늘을 휘감고 오르는
휘발유 냄새를 따라 길이 열리고
심장이 외출 나와 킁킁 사라진 길을 맡는다
살짝,

벚꽃을 한번 뒤집어 보는 것이다
두런두런 하관(下官) 위의 흙이 만개한다

고무줄놀이

계단에 서서 우리는 서로를 믿었기 때문에
당신은 아래쪽 고무줄을 잡아 내려가기 시작했고
나는 사랑했기 때문에 위쪽 고무줄을 잡았는데
어찌할 수 없는 직장 상사의 알력 같은 것

수화기 저편에서
우울한 기분을 들키지 않기 위해
목소리를 높이는 당신
그러지 마, 다 아니까
위로해 주지 못하는 동안
고무줄이 팽팽하게 늘어나기 시작했다
처음 결제한 카드 대금이
다음 달 그 다음 달로 늘어나고

계단을 따라 당신은 자꾸 아래로 걸어가는데
불러 세울 수 없는 마음으로
조금씩 당신의 상반신이 사라지는 동안
칼보다 종이에 베였을 때가 더 아팠다

누군가는 고무줄의 끝을 놓아야 하는데

이 모든 게 현실이라니
내가 고무줄 끝을 붙잡고 있었던 것은
당신을 위한 위로가 아니라
계약직 만기가 끝난 오월 어느 날이었는데

당신이 서둘러 광화문 지하철역으로 접어들었을 때
손끝에서 놓여난 고무줄이
먹먹하게 나를 때리는데, 아프지 않았던 것은
우리가 책임지기에는 빚이 너무 비현실적이었다

서사시를 쓰는 저녁

곰돌이 푸우씨는 한때 나를 위해
더러운 모든 일을 도맡아 주었던 사람
똥꼬에 달라붙어 있던 이물질을 닦아 주던 사람
콧물도 맨손으로 쓰윽 닦아 주던 사람
최선을 다해 등 토닥여 주던 사람
불쌍한 곰돌이 푸우씨, 당신이
이렇게 쉽게 허물어질 줄 몰랐어
오고 갈 데도 없이 한곳에 앉아 멍하니
허공이나 보게 될 줄
어릴 적에 어떻게 알았겠어
한때 당신의 뒷모습을 보는 것만으로도
가슴이 부풀어 올랐지
억척스럽게 살림을 도맡아 주었는데
벽에 기대어 하릴없이 고개 숙인 모습이라니
이젠 물기 없이 말라 가는 낯빛이 나를 닮았네
곰돌이 푸우씨, 이렇게 사랑이 말라 가다니
곰돌이 푸우씨는 싱크대 위에 놓인 푸른 수세미다
다른 명명법으로 말하자면 자식을 위해
자신의 삶을 기꺼이 바친 어머니의 모습이다
고작 사랑을 위해 갈리거나 문질러져

낡아진 노년의 모습이라니
방치된 고통으로 온전히 약해지는
끝끝내 고통을 품고 있는 서사시
아니, 자살도 실패한 합성수지

컵라면의 수증기

컵라면에 뜨거운 물을 붓는 저녁이 있다
이 저녁엔 누군가의 장례식장에 다녀왔을 것이다
퍼진 면발을 후우 하고 불어 본다
죽은 영혼은 별이 된다는
면발을 따라 뜨거운 국물이 흘러내린다

비 오는 날 운동화를 벗고 맨발로 걸어가던
발바닥에 닿던, 아스팔트 표면들
잊을 수 없다면
생각나는 대로 두는
불혹(不惑)

몸을 관통해 갔던 시간들
사는 게 구불구불 몇 개의 사건으로 남고
이마의 주름과 면발의 구불거림이 겹쳐
후우, 컵 밖으로 뿜어져 나가는 수증기

조금씩 육수의 양이 줄어들고 있다
기억이 날 것도 같은데
창자를 뜨겁게 덥히는 이 서러움이

나를 이끌고 갔던 것

구불하게 몸을 핥는 면발들
빈 사무실에 앉아
뜨거워진 혀처럼 후우 불던 입김으로
쉽게 생각을 버리고 갈 수 없었다
그런 저녁엔 누군가의 장례식장에 다녀왔을 것이다

죽은 자에 대한 조문이
컵라면에서 수증기로 피어오른다
혹시 알까
아무도 없는 늦은 저녁의 구름
혹은 수증기의 들끓음

가로등이 켜질 무렵

그 길은 오래되고 낡아서
힘들고 지친 몸 하나 의지해 걸어가는 곳
걸어가다 보면 언제든
왜 또 나와 있어 하는 남편의 목소리에
앉은뱅이* 여자의
왜 이제 와 하는 목소리가 들릴 듯하다

앉은뱅이 여자 앞에까지 가서
술 취한 남편의 푸념을
넉넉하게 받아 줄 것 같은 길이다
그 길은 언제나 어둡고 눅눅해서
지상의 길 같지 않다

남편은 앉은뱅이 여자 앞에 서서
아이처럼 재잘거리며 오늘의 대소사를
시시콜콜하게 이야기할 때
안개 같은 낮은 음성에 젖은 여자의
미소가 잔잔하게 퍼질 것이다

모두 다 잘될거야 하는 그 골목길은

언제나 가슴에만 있어
영원히 오지 않을 것 같은 당신을 기다리며
나는 앉은뱅이 여자가 되어 가는 것이다
그 길 끝에는
당신과 내가 함께했던 이야기가
가난한 지난 세월이 묻어 있을 것만 같아
자꾸 뒤돌아본다

내 어깨가 어둡고 눅눅한 이유다

● 앉은뱅이: 약자, 실패한 사람, 혹은 시대를 의미한다.

키위[*] 도서관 1

칭기 협곡[**]은 사람이 통과할 수 없는 첨탑의 숲이다

늦은 밤 이혼한 형이 찾아왔다 출장 가야 한다며 조카들을 맡겼다 피가 온몸을 순환하는 데 걸리는 시간은 46초 키위의 껍질을 깎아 내듯 때에 찌든 옷을 빨았다 발가벗겨진 조카들은 노란색 키위처럼 몸을 바들거렸다

칼을 만들던 기술은 시간을 측량하는 기술과 동일하다

이혼하고 떠난 형수보다 떠나게 만든 형 탓이라고 말하다가, 그 집이 그 집인 다세대 주택을 보면, 속속들이 빤한 살림살이 아닌가 제과점 COMING SOON 천막이 늦은 봄밤 바람에 팔랑인다

지금 우리가 보고 있는 달은 이미 과거의 달이다

* 키위(kiwi)과에 속하는 새. 날개는 퇴화하여 날지 못한다. 꼬리깃이 없으며 발톱으로 격렬하게 차서 적을 막는다.

** 마다가스카르 칭기(Tsingy) 평원에 있는 협곡

키위 도서관 2

형이 야구를 하자고 했다
나는 던지고 형은 치고
그날 이후
잡초 속의 야구공이 슬퍼 보였다

조카들을 데리고 동네 상점에 가서 사탕 몇 개를 사 주었는데 또 옷이 더러워졌다 국제신용평가사 S&P는 미국의 국가 신용 등급을 한 단계 강등한 AA+로 결정했다 식사 예절법에 따르면 사용하지 않는 손은 언제나 무릎 위에 두는 습관을 가져야 한다

분노의 칫솔질!
1년 된 칫솔로?

몇 달 간 운전하지 못한 경차의 먼지 낀 유리창에 병신이라고 쓰여진 낙서가 부각되어 있었다 거미를 손가락으로 꾸욱 눌러 짓이겼다 거미는 피를 흘리지 않는다 다만, 자기 나름의 혈흔을 남기는데 모기에게는 치명적인 죽음을 안긴다

젊은 여자의 흰 운동화가 앞에서 걸어가는데

흰 무명천이 나풀거리는 승무가 생각나는데
예쁜 여자 무당이 태양 속에 살고 있었다

꽉 찬 방광으로 잠을 자다 발가락이 이불 밖으로 빠져나가 꼼지락거리면 휴대용 부탄가스통이 만져지곤 했다 겨울 하늘을 날아 본 적 없는 나비에게, 저 겨울 적막에서 쏟아져 나오는 흰 눈들을 보여 주고 싶었다

태양 아래 볼보이
지난밤에 쏟아 놓은 형의 말들
벚꽃은 저리 지는데

키위 도서관 3

고양이는 단맛을 느끼는 데 필요한 유전자를 상실한 돌연변이다 나는 불우한 것으로부터 벗어나려 노력했으나 이제 받아들이기로 했다 올바른 우리말 사용법에 '부비다'는 '비비다'의 잘못된 표현이란다 그러면 '부비부비*'는 '비비비비'냐?

-200℃에서 공기는 액체 상태가 된다 이런, 고맙고, 고마워서 마신 술인데, 형은 노래방 마이크를 붙잡고 놓지를 않는다 취기 때문인지 눈 감고 무어라 중얼거리는데, 조카들은 졸린 눈으로 또 그 레퍼토리이겠거니, 졸린 눈을 비비며 서로의 어깨에 기대어 잠이 들었다

이 요리는 너도 알다시피 하늘의 별과 달이 첨가된 정성이야라고 말하며 형은 팔팔 끓는 된장찌개를 내놓았다 요리명이 비속어의 의미를 내포하고 있는 이유를 처음 깨달았다 시각장애인의 눈은 흰색이다 눈은 마음의 창이라는 세상에서 가장 아름다운 거짓말

집으로 돌아가는 길, 자동차 보닛 위에 몸을 동그랗게 제 몸의 안쪽을 찾아 굽히는 고양이를 보았다 집 없는 고양이

의 웅크림, 엔진에 기대어 온기를 느끼는 가난한 자들의 겨울이 서러워졌다 서서히 식어 드는 엔진 소리에 귀 세우는 흰 고양이, 곧 눈이 내릴 예정이다

• 공공장소와 클럽 등에서 남녀가 몸을 비비는 부비부비 혹은 성행위를 연상시키는 동작.

키위 도서관 4

실기 시험에서 열심히 노래를 불렀다 선생님께서 판소리를 권하셨다 (파인 땡큐) 바닥을 다 드러낸 신림동 실개천의 자갈처럼 형은 자꾸 헤죽헤죽 웃으면서 바보 같으니, 정말 병신 같지 않아? 계수나무 아래 토끼들이 방아를 찧는 따위의 야한 알레고리를 할머니가 들려주시다니, 막장으로 치달아 가는 형의 연애사, 남자의 정액을 자신의 자궁에 집어넣던 한 여자의 손길처럼

오래된 빌라에 처음으로 전세를 얻었다
자는 동안 머리에 물방울이 떨어졌다
누수였다

아버지는 오로라가 보고 싶다고 했다 적막에 집을 짓는 풀여치 떼, 별빛이 가난으로 환하다 아픔이 그러했던가 누군가 돌을 던지면 소리 없이 돌만 가라앉을 법한 적막이다 추석 하늘에 끊지 못한 차표 한 장, 소주잔 속에 뜨는 갈대꽃 간장 냄새 가득하다 태풍은 이동하는 동안 표층의 해수를 혼합시킨다라는 문장을 나는 눈시울이 뜨겁다는 말로 받아들였다

고양이 발톱

골목이 비릿하다 안으로 눈이 내린다 살기 어린 눈빛은 담과 담을 넘는다 칸칸의 허공에 발톱을 세우며 눈이 내린다 숨을 낮게 핥으며 왼쪽 발을 딛고 오른쪽 발톱을 내민다 고양이의 위궤양은 04시 25분을 시큼하게 씹는다

툭—

고양이의 가속도는 공장 철제문에 붙은 직원 구함을 지나 골목을 미끄러져 내려간다 누군가 주차된 차바퀴에 체인을 감는다 봉천동 인력시장의 화톳불 주위에서 들끓는 눈, 꼬리까지 세운 피가 목에서 뜨거워져 가로등이 생선 가시로 빛날 때, 애인을 생각할 수도 있었는데…… 눈이 내린다…… 눈이 내린다…… 수선한 가죽 잠바의 검은 실밥은 가난해서 중얼거림이 많다

툭—

동사무소 직원들이 길에 염화칼슘을 뿌린다 山 1번지의 언덕길을 오르다 발을 헛딛지도 않았는데 삐끗, 고양이가 온몸의 잔뼈를 추켜세우며 일어선다 골목들이 고양이의 근육을 따라 팽팽해진다 몸을 일으켜 세운 뒷다리가 주택의 담을 뛰어넘는다 어느새 허공의 발톱 자국은 등 푸른 생선 비늘, 새벽을 향해 뛴다 할퀸다

공중전화 박스를 나오며

방금 나간 여자의 체온이 수화기에 남아 있다. 지문 위에 내 지문이 더듬는 점자들, 비벼 끈 담배꽁초에 립스틱이 묻어 있다. 간헐적으로 수화기에서 남자의 목소리가 들려왔다. 외로운 사람은 쉽게 절박해진다. 모서리에 매달려 있는 거미의 눈빛이 여자의 체온으로 차가워졌다.

살아는 있니?

여름쯤 손가락에 눌려졌을 모기가 유리창에 짓눌려져 있다. 절박함 없는 희망이 있던가. 남자는 방금 나간 여자의 이름을 부르고 있다. 공중전화 박스를 나오다 관상용 소국(小菊) 하나를 툭, 쳐 본다. 여러 개의 꽃대궁이 동시에 흔들린다. 뿌리가 같은 이유다. 늦기 전이라는 노랫말이 죽기 전이라고 들리는 저녁, 애틋해서 되뇌이는 건 아니다. 차라리 살아서 날 미워해 버스 광고가 지나간다. 그저 당신이라고 부르고 싶은 계절이다.

물결

앞차 배기통에서 냉각수가 뚝뚝 떨어지고 있었다
아직도 나는 내내 살아 있다

골목 옆 노천에 누가 심어 놓고 관리했을까 꺾인 옥수수 줄기 몇, 겨울바람의 방향으로 누웠다 주차할 때마다 그곳에서 변색된 잡초 몇 보였는데, 헤드라이트에 빈 공간이 비춰지기도 했는데

조개를 해감하기 위해 소금물에 놋수저를 함께 넣어 두면 조개가 품고 있던 모래를 모두 뱉어 놓는다

시멘트 벽을 따라가다 찢어진 비닐 봉투 위 은행잎 하나
잠들기 전 나를 쓰다듬어 주던 당신의 손길이 생각나는 밤

골과 골 사이의 간격을 파장이라 한다
가슴이 내내 앓던 자리
딸기의 붉은 부분은 열매가 아니다
이젠 사랑했던 사람들도 따뜻해졌으면 좋겠다

낡은 형광펜 1

추(錘)는 집의 벽과 벽, 담과 담의 직각을 재는 도구

정자 같은 눈이 내린다. 불빛을 향해 몰려드는 오징어 떼처럼 지구 위로 뜨는 태양을 향해 몰려드는, 마지막 한때를 보내는 자의 눈빛은 인주를 닮았다. 빈방에 남아 내 발자ㅈㅈ국 소리로 숨 쉬고 있는 탁상시계. 풍란(風蘭)*은 초침 소리가 내 발자국인 줄 아는지, 자꾸 잎을 탁상시계 쪽으로 기울인다.

눅눅한 기억 속으로 보리 이삭이 핀다.

깜부기** 까칠하게 흔들리는 검은 들녘을 비명의 힘으로 빠득빠득 이 앓으며 가는 하얀 반딧불, 가라고 내미는 대지(大地) 위에 와 앉는다. 환한 곳이 점점이 아프다.

킬 힐(kill heel)을 보면 투혼(鬪魂)이 생각난다.

*주인의 발자국 소리에 자란다는 난의 일종.

**보리에 나타나는 병. 정상적인 낟알들은 죽은 생선 냄새를 풍기며 흑갈색 포자들의 분말 덩어리로 이루어진 흑수병 초포자가 된다.

낡은 형광펜 2

네이블오렌지(navel orange)를 비롯한 몇몇 변종은 거대 자본의 형성을 도왔다 유전자 변형 열매에는 씨가 없다

무성한 기억 속으로 아버지가 들어갔다 나왔다 어머니가 아버지를 따라 들어갔다 나왔다 형이 따라 들어갔다 나는 어머니를 따라 아버지를 따라 들어갔다

자고 일어나면 당신의 머리카락이 내 거처를 증명하듯

우리은행을 돌면 비가 내리고, 우리은행을 돌면 경찰이 보이고, 우리은행을 돌면 애인에게 가는 탈영병이 보이고, 우리은행을 돌면 빈손이 보이고, 우리은행답지 않게 보험금 때문에 자식이 부모를 죽이고, 소외의 주체이고, 우리은행을 돌면

오븐 속의 비린내를 없애려면 오렌지 껍질을 넣고 가열하면 된다 흐린 하늘을 향해 오렌지 껍질을 던졌다 권총형 라이터의 방아쇠를 당겼다 총신 끝에서 허공이 달아오른다

마른 빗방울

농염함, 관중의 박수 소리, 마른 빗방울의 흔적을 따라 고개를 든다. 햇살 속으로 누군가 사라져 간다. 대추나무 가지 끝에 매달린 단 하나 남은 대추, 그 아래 서면 이 겨울 끝끝내 버티는 힘, 사는 것으로 말하자면 죽어도 여한이 없다는 바람의 직각을 잰다.

허블에 의하면
내가 당신과 함께 느끼는 이 시간은
우주의 팽창과 맞물려 있다

용서란, 타인에게 베푸는 자비심이 아니라 흐트러지는 나를 거두어들이는 것이라는 몇 년 전 메모를 읽다가 그 여자가 남기고 간 빈방을 생각한다.

박주가리●가 품고 있는 씨앗이 환하다.

● 별 모양의 다섯 갈래로 깊게 갈라진 꽃부리 안쪽에는 연한 흰 털이 촘촘하게 나 있다. 열매 속에 들어 있는 씨에는 흰 솜털이 깃털처럼 달려 있다.

추억은 붉어지고

바다는 열을 저장하고 있다 두통 속으로 추억이 간다 아프냐고 장미가 묻는다 하늘이 빨랫줄까지 내려와 습한 구름을 말리고 돌아가는 저녁, 시소 옆의 아이들이 공깃돌을 던졌다가 손등 위에 놓는다 별은 별을 앓고 나는 한 달 전의 애인을 만나 눈만 반짝거리다 돌아왔다 물체가 공기 속에서 운동할 때마다 생기는 마찰력, 바람이 걸어간 길 끝에서 마른 풀잎 냄새가 몰려왔다 그네 위에 앉아 바람을 앓을까? 발끝으로 뒹구는 모래알을 잡고 손가락으로 문질러 본다 축축해진 모래알이 나는 너구나, 내 말을 돌려준다 공터의 풀잎이 공터의 흙을 뚫고 나온다 거기서 한 달 전의 말소리가 들려왔다 응집력은 물질의 분자 사이에 작용하는 인력, 이해한다고 말할 때마다 나는 슬퍼졌다 추억은 붉어지고, 장미꽃은 (나는), (나는) 하며 붉게 터진다

가스관이 묻힌 사거리

병원은 가스관이 묻힌 사거리를 품고 있다 포클레인은 가스관을 묻기 위해 땅을 파고 애완견을 가슴에 품은 미망인은 신호를 기다린다 인부들의 손짓이 기사에게 세밀한 부위를 알려 준다 그리움은 욕망이거나 애상적이었다 농협 건물의 옥상엔 버리기 쉽지 않은 건축 자재들이 쌓여 미망인은 애완견의 머리를 자식처럼 어루만진다 동네 어귀 그 흔한 소문으로 나는 그녀의 치부를 동정했다 화재는 1년 전의 일이다 보도블록의 잡초들, 짙푸르게 솟구치는 상처들, 흔들린다 선부른 치기였다 관을 통해 가볍고 충동적인 가스는 땅속을 흘러 다니다 돌발적이다 담을 타고 오르는 등나무 줄기들 집요하다 나는 어제 저 사거리 한복판에 누워 있었다 나의 자학은 막다른 자괴(自愧)에 있다 인부들은 낮술을 먹고 미망인은 횡단보도의 선(線)을 밟지 않으려 엉거주춤 걷는다 가스관 위로 포클레인이 흙 한 줌씩 넣는다 수술 자국 위로 돋은 실밥을 당겨 보면 달빛 촘촘히 올라온다 나아(我) 자는 가장 파편화된 이미지이다

이삭 줍는 여자

낡은 가로등 아래 흔적 없이 왔다 가는 발자국들이
뒷골목 싸락눈으로 내리고 있었다
나는 밀레의 그림 속 이삭 줍는 여인과 함께
잘 익은 오렌지 빛 속을 걸어갔다

풍설(風雪)은 시대를 한 번 더 할퀴며 잠들지 못하는 밤
역 광장의 집비둘기들은 둥지로 돌아가
갈비뼈를 부비며 서로의 온기에 기대어 잠이 들었다
밀레의 그림 속 이삭 줍는 여인과 함께
창가에 어른거리는 불빛을 가슴 한 면으로 밀어 본다
가지 못한 시원(始原) 쪽으로 화물칸이 덜컹,
흔들거리는 창틀에 어머니의 얼굴이 잠시 떠올랐다
가라앉았다
이삭 줍는 여인의 까칠한 손이 내 가슴 위에 얹힌다

오렌지 빛 장엄 속으로
뿌리까지 아린 후엔 따뜻한 봄 햇살이
내 발등 위에 닿을 수 있을 것이다
밑둥이 잘린 벌판에서
동면을 마친 애벌레들이

대지를 밀며 꿈틀거리는지
마른 잔기침을 향해 울컥 내미는 흰 손
뒤축의 발자국들이 따뜻해졌다

그림 속에서
이삭 줍는 여인의 까칠한 손이
내 몸을 어루만지는지
점점이 눈송이 되어 내린 자리마다
씀바귀 냄새

소멸을 응시하다

두둑…… 떨어져 식탁의 먼지를 움켜쥔 눈빛들
거실의 창으로 화르르, 햇빛이 활활거리는데
어떤 눈빛이 스쳐 가기도 했을, 물방울 옆으로
이런 내부의 목소리가 전해 오는 것이다

……바람에 흔들리는 작은 댓잎 하나를 제대로 그리자면
몇 년 동안의 수련이 필요해
어떤 사람에게는 평생이 걸릴 수도 있어
내가 쓸 수 있는 색은 하나뿐이지만……

물방울의 밖에서 안으로 스며 가는 햇빛
어떤 경계도 흔들지 않고
빛과 물이 내통(內通)하는 지점에서
작은 눈부심이 솟구쳤는데
새의 깃털 같기도 한 열기
따스한 피가 무수한 혈관으로 퍼져 나갔을 혀
바싹 타들어 가는 것 꿈틀거림과
날갯짓의 흔적이 맞닿아 찍히는 수증기의 발톱들
경계를 허물고 여기쯤에서 날아갔으리라

허공이 스며든다
식탁 위 물방울의 흔적이
마른 댓잎처럼 비틀려 있다
방금 마신 공기를 따라
내 안을 환하게 밝히는
이 새에게 나는
하늘을 향해 혀를 내밀고
햇빛에 찍힌 나의 낙관을 보여 주었다

제2부

새는
평생 동안
허공을 날아다니지만
단 한 번도
같은 곳을 날아갈 수 없다

흉터

소리칠 사이도 주지 않고
벌레 한 마리가
내 몸에 들어왔다
꼼짝도 하지 않고
움직이지도 않는다

그대로 피의 맛을 본 것이다
붉을 단(丹)과 끊을 단(斷)은 발음이 같다

한동안 그것으로 아팠다
나는
당신이 그리웠는지 모른다

자궁을 들여다보고 있었다

악어의 턱

이곳의 생리는 사바나성이다
그는 악어 입에 앉아 내장을 비우고
스프링에 등뼈를 묻으며 힘을 준다
질긴 인내가 필요할 것이다
어둡지만 푹신한 포획처를 차지하기 위해
의자의 속은 집요하다

초원의 건기 밑으로 흐르는 물길은
아래턱보다 위턱의 힘이 세다
하늘은 자신보다 약한 사냥감에게
굳이 이빨을 보이지 않는다
지상은 즐거운 한때의 식사다

안락은 등받이가 길다
이 악어 입에 많은 이들의 온기가 스쳐갔다
그는 이 사실에 누구보다 예민해진다
악어 입에는 천적이 없어
끈적한 여름밤이 눈을 뜬다

강을 건너는 누우 떼를 기다리며

꼬리를 휘어 적막 속에
눈빛을 숨긴다
핸드폰을 들고 악어새를 유인한다

신문사를 빠져나오는
그의 등이 열대야 속으로 길게 꼬리 친다

지하철을 달리는 백호(白虎)

석양이 진다
에버랜드*의 철창에서 어슬렁거린다
건물마다 피뢰침은
어스름해지는 햇빛을 움켜쥐고 놓아주지 않으려 한다
조련사를 따라가는 백호가 안쓰러워 보이는 것은
제 몸을 희생하지 않고는 불이 될 수 없기 때문

지상이 어두워지는 지점에서부터
백호가 우리 밖으로 어슬렁거리며 나온다
가로등이 서서히 타오른다
사람들이 집으로 돌아간 텅 빈 골목에서
흰 이빨을 드러낸다

우리 안의 울부짖음은 인도쯤에 가서 젖는다
제 모습을 비추며 혀로 강물 몇 모금을 축이면
격렬해지는 털을 세워 바람의 감촉을 느낀다
백호는 등에 석양을 발라 가며
제 몸의 불을 참지 못하고 토해 놓는다
밤새 돋는 근육을 접지 못한다

한숨도 자지 않은 어둠의 경계가 뜨거워진다
새들이 초원을 향해 날아가는 방향으로 여명이 밝아 온다
점멸

초원을 향해 포효하지 못하는 백호들이 일어선다
묵묵히 조련사를 따라 우리 안을 어슬렁거리는
지하철에서 백호를 꿈꾸던
거세된 야생이 서로를 부둥켜안고 뜨거워진다

●에버랜드(everland). 영원함과 활력을 의미하는 'ever'와 자연, 평안함을 의미하는 'land'의 결합어이며 용인의 놀이공원.

은사시나무전(傳)

눈 내리는 밤, 은사시나무는
한 치의 의심도 하지 않은 채 북어가 되기로 결심했다
봄이 오면 푸른 지느러미를 가질 수 있으리라
은사시나무는 겨울 내내 꿈에 젖어
나뭇가지마다 지느러미의 기관이 되도록 단련 중
살아 꿈틀거리는 육체에게 정신이란
그 어떤 사상보다도
북어의 몸통을 지니기 위한 힘겨운 발악

대지에 박힌 뿌리를 북어 주둥이로 바꾸려고
눅눅한 흙 사이 말초신경을 움직여 본다
겨우내 아가미에 뽀얀 입김 불어 본다
실핏줄마다 시린 잎 하나 비늘이 되기 위해
적막을 꿰뚫는 눈을 치뜬다
몸속 깊이 체온이 오르며 은사시나무는 뿌리가
주둥이로 바뀌어 가기 시작했다
나뭇가지를 순식간에 지느러미로 탈골시켜야 하나
누군가 자신의 주둥이와 지느러미를 보고 기겁하면
허사가 되므로 바람 부는 날 주의 깊게 변해 갔다
눈 내리는 벌판에서

잘 움직여지지 않던 것들의 땀내 가득한 밤
자유자재로 나뭇잎을 지느러미로 전환할 수 있게 되자
물관과 체관에 붉은 피가 흐르고 북어의 몸통을 얻었다
지느러미 팔랑거리는 나뭇가지마다 비린내가 진동했다
슬며시 은사시나무 밖으로 빠져나온
북어의 몸이 얼얼하다
동어반복의 중얼거림을 달고 북어는
달빛의 물굽이를 헤엄쳐 마을로 유영해 들어갔다
이후부터 사람들은 사랑할 때마다 나뭇잎으로 반짝인다

애인을 꼭 부둥켜안자
은사시나뭇잎 냄새가 내 몸에 으깨어져 들어왔다
사랑한다는 것은 은사시나무의 흔들림처럼
서로에게 반짝이며 물들어 가는 것
북어의 마음으로 지느러미 흔들며 다가가는 것

전자렌지 속의 미루나무

전자렌지는 플러그 선을 부엽토에 묻고 있지요
손잡이는 낡고 문틈이 잘 맞지 않아
늘 전자렌지의 입구는 열려져 오골계가
그 안으로 들어가 둥지를 틀고 알을 낳지요
보세요, 당신의 따뜻한 숨결 가득
흰 알들이 담겨져 있잖아요

바람은 220볼트에 알맞은 타임스위치
맞아요, 열선을 따라 강변에서 반딧불이 날아오르고
전선은 달빛 가득 나풀거리니까
미루나무 긴 가지마다
얼마나 뜨겁게 뼈를 익혀 낼지 궁리하고 있어요
오골계가 날개를 접어 알에서
부화될 태양을 부지런히 품고 있어요

전자렌지의 내부 가득 미루나무가 자라나면
잎들은 가지마다 붉은 달 하나씩 달겠지요
밤은 길고 낮은 짧아 북극의 어느 나라를 떠올리겠지만
당신의 식탁에서 그리 멀지 않아요
그르렁거리며 솟아나는 근원의 웅성거림을 들어 보세요

나이테를 중심으로 오골계의 따뜻하고
포근한 잠에 몸을 맡긴 척추가 콘센트를 찾아
강의 저편을 향해 꿈틀거려요
당신은 미루나무의 숨결로 따뜻해진
어느 뿌리쯤에 가 있을까요

눈 속의 승냥이

아무 생각이 없던 순간이다 무엇인가 곁에 있다.
한 호흡을 빼앗기 위해
도시의 건물 사이에 숨어 있다.
나뭇가지로 출렁이는 전선 아래
피 묻은 울음을 숨기고
무엇인가 먹구름 사이를 이동해 오고 있다.

블라인드 밖으로 어떤 움직임도 보이지 않는다.
더 가까이 다가온 이 새벽 냉기 속으로
무엇인가 다가오고 있다. 아주 느리게, 아주 포근하게
겨울 숲의 보이지 않는 어둠을 한 걸음에 뛰어
무엇인가 몸을 날카롭게 다듬는다.
이미 텅 빈 재개발 공사장의 10t 트럭과
포클레인 아래 아니, 기중기 옆에 몸을 낮추고
슬금슬금 호흡을 가늠하고 있는지 모른다.

사각, 사각 내 정신을 노려보고 있다.
건물의 피뢰침 위에 깨끗한 발자국을 찍으며
도심을 가로질러 오고 있다.
불빛을 산짐승의 체온으로 물어뜯으며

피 묻은 이빨을 뜨겁게 치뜬다.
위 속으로 바람의 울음이 뚝뚝 찍힌다.

지상의 모든 길은 팽팽하고 질긴 근육이다.

바다표범과의 거래

거래는 바다표범과 하는 게 최고지
매끈한 몸을 봐, 목숨은 빼고
생각하는 당신에게 충고 하나 하지
마약이나 거래할까? 라고 편견을 가진 당신
아니지, 신을 수 있는 신발을 떠올리는 게 좋지

한참 지나 낡고 쓸모없는 것들
그중에서 실패한 사랑 같은 것을 거래해 봐
충고는 끝났어, 거래할 종목을 생각해
실례가 되지 않는다면
당신의 가장 소중한 것 따윈 관심 없어
하찮고 보잘것없는
당신의 부끄러움을 거래하고 싶을 거야

어느 알콜 중독자에게나
한 번의 거래는 있었을 테니
괜찮아, 어느 역 어느 출구 앞이든
따끈하게 익힌 컵라면에
소주를 마신다 해도 거래할 건 남아 있지

복수가 차올라도 바다표범과의 계약서는
아직 유효하니까, 혹시 당신도
과거의 권태로운 생활을 거래하지 않았나?

뒷다리의 지느러미가
앞으로 굽혀지지 않는 바다표범처럼
이미 나도 망각 속에서 살고 있는지 모르겠군
자신이 누구인지조차 고민하지 않는
충성스러운 소시민(小市民) 말이지

뱀장어를 품은 탁상시계

살인하고 싶은 방이다
뱀장어는 적도를 향해 나아간다
출장 간 남편을 기다리며
수면 아래 방은 옅은 파동으로 일렁인다
와이셔츠를 펼치면 다림질의 동선은
가슴지느러미에 휘감긴다 난기류의 흐름이
산호에 걸려 흰 꽃봉오리를 맺는다

적도를 따라 펴지는 구김들
잔물결을 따라 오돌토돌한 모래알이 굴러 온다
다리미 밑으로 각이 잡히는 질문들
바위와 진흙의 틈에서 물의 호흡을 빌린다
보글거리는 방,
수면 위로 젖가슴을 밀고 올라간
외도에 대한 심증의 꼬리는
어김없이 아가미에 뭉게구름을 피운다
반복적인 전류는 점점 전압이 높아지는 중이다

적도를 향해 뱀장어는
차근차근 염분이 높은 위도를 넘어간다

어제의 뭉게구름이 오늘의 수면 위로
어떻게 대칭을 이루는지를 생각할 때
알람이 방을 흔들고 지나간다
그녀의 손은 다리미를 움켜쥔다
탁상시계 밖의 수면은 점점 심해로 근접해 간다
뱀장어의 전류는 자신의 몸을 감전시키지 못한다
살인하고 싶은 방이다

스모그

강에서 물개가 나온다
허공을 향해
혀를
스물거리는 몸을
올린다
투명하게 허공을 떠다닌다

혀를 머리에 감추고 사는 이 동물은
아직까지
음성 영역을 벗어난 적이 없다

횡단보도 곳곳에
물개의 흔적이 뚝뚝 떨어져 있다
가로수의 나뭇가지 위에
전봇대의 고압선 위에
건조해진 몸을 뒤틀며
수천의 물개들이
태양을 향해 울부짖는 정오
한 마리의 거대한 물개가
브라운관의 이면(裏面)을 달구고 있다

설핏, 창가로 비친
물개의 그림자가
풍문(風聞)의 뒷모습이었을지도 모른다

물개는 탈피 동물이 아닌데
눈에서 물개가 허물을 벗고 있다
뜨겁게 제 몸을 움직인다
허공을 향해
혀를
스물거리는 몸을
올린다

미르*를 만난 적이 있다

유리창에 흰 뼈마디가 있어
눈부신 꿈틀거림에 초점을 잃곤 했다
사내 안에 결이 있다는 것을 눈치챘을 때
미르는 미세한 부분으로부터 조금씩 육체를 빼 가곤 했다
시간을 유리 안으로 끌고 들어가는 중이다

미르의 발톱은 밖으로 빠져나가려는 사내를 할퀴며
사방으로 퍼지는 빛줄기를 제압한다
유리 밖의 사내는 간혹 빛이 응어리진 소(沼)에서
(포로가 되거나 노예의 신분이 아니다)
시선을 빼앗긴 것 외엔 어떤 외도도 한 적이 없다

분명 미르의 용솟음을 눈치챘을 것이다
유리 안에 갇힌 핏물이 귀밑을 흘러
턱에 닿을 때까지 사내는 소리쳤을 것이다
눈을 뚫고 나오지 못한 발광들
유리에 비친 사내의 심층을 보고
표면의 사내는 미소 짓곤 했을 것이다

어디선가 유리창이 깨진다

미르에게 갇혀 있던 사내의 세월이 터져 나온다
어떻게
한 번도 본 적이 없는 아버지가
내 앞에서 이렇게 왜소하게 서 있는가

•용의 순우리말.

천마를 위하여

헬스장 안의 대형 선풍기와 사내는
러닝머신 위에서 제 몸의 근육들을 펼친다
아킬레스건에서 정수리까지 긴장한 신경들
남태평양의 태풍을 휘감으며 천마가 날개를 펼친다
먹구름 속에서 뒷발질하던 발굽은
사내의 후두엽을 벗어나 헬스장 위로 빠져나가려 한다
천천히 육중한 역기를 밀어 올리면
바람의 말초신경은 민감하게 비지땀을 흘린다

천마의 몸통이 도시의 중심부를 통과하자
택시들이 안전거리를 확보하기 위해 브레이크를 밟는다
천마의 턱뼈가 고층 아파트 피뢰침에 걸려 몸부림치자
건물마다 창이 흔들리고 간판이 바닥으로 팽개쳐진다
천마의 발버둥은 천둥이 되어 하늘의 고막을 찢는다
위장 속에서 꿈틀거리는 헬리코박터균의 움직임으로
사내는 스스로를 지렛대로 만들어
천마의 중심을 들어 올릴 태세다
버터플라이를 반복하는 사내의 흉근에서
천마의 늘어진 혀가 보인다
한반도를 강타한 천마의 위세는

사내의 광배근 속으로 빨려 들어간다

지구의 위장 속 남태평양의 바다에서 물고기들은
은빛 비늘로 햇빛을 쏘이고 있을 것이다
사내의 삼각근으로 천마의 날개가 접힌다

거시적으로 보면 사내의 몸은
피뢰침으로 우뚝 선 하늘과 땅의 매개체이다

검은 소

바다를 향해 울부짖는 검은 소가 있다
깊은 곳에서 한 발 딛고
서로에게 울음의 소리를 들려주면
천만의 소가 어깨를 들어 올린다
해안에서 출렁거리는 파도들
새떼구름을 붉게 물들이면서
꼬리로 갯바위를 철썩 휘갈기며 일어선다

천만의 소가 서로에게 하나의 움직임이 되어
앞발을 내밀고 해안선을 힘껏 짓누른다
기우뚱,
발굽 쪽으로 쏠리는 대륙이 어두워진다
거대한 소다

포말은 꼬리에 휘감긴다
뿔이 밀고 가는 압력으로 해가 지고 별이 뜬다
천공(天空)의 목까지 어두워지자
산맥을 타고 내려간

소가 검은 바다를 향해 울부짖는다

엠보싱 화장지처럼 도시가 밝아진다
바다를 향해 걸어 들어가는 검은 소의 되새김질들
한 발을 집어넣으며 깊은 곳의 안이 몸을 집어삼킨다

버스 창으로 보이는 검은 소의 발자국들, 어둠이 남긴
긴 혀 자국들, 안개에 묻어 피어오른다
어디선가 검은 소의 긴 울음소리가 들려온다
허공에서 태양이 솟구친다

어떤 소의 몸짓이 맞대어 비빈 허공이기에
이렇게 파랗게 멍든 사랑을 앓게 하는가

낙타 혹은 낙타

집은 하나의 우주랍니다
후라이팬 열선 위로 낙타의 두 혹은
달궈진 사막의 열기
가스불의 푸르름 끝을 걸어갑니다
열기의 능선에서 터번을 쓴
남자의 모습이 설핏 비치기도 합니다만
점화된 사막 한가운데를 통과하는
낙타의 두 혹이 어머니의 과거와 현재를
소금으로 뭉치며 걸어갑니다

어머니는 우주의 지배자랍니다
거실로 황사 바람이 오른쪽 창에서
왼쪽 창으로 불어 오늘은 길조로구나
등 뒤로 아랍 여인의 차도르가 겹쳐지며
밤의 적막이 열게 현관 문턱에 걸쳐집니다

(이제는 사라졌으면 하는 어머니의 젖무덤 속으로
낙타들이 걸어 들어갑니다)

옛날 여자들의 가슴엔

늘 모유가 가득 차 있다고 믿었습니다
우주의 제사장인 어머니는 눈썹 문신을 하고
젖무덤을 낙타의 두 혹에 포갭니다

가스불 위로 몇 방울의 식용유가 타오르면
스핑크스 위에 소금은 별들로 뿌려집니다
방은 하나의 대륙이 되어 거실로 몰려들고
약간 흥분된 이 요리의 작업에 태양계가 출렁거립니다

낙타들은 어느새 어머니의 척추를 따라 걸어갑니다
열기가 사라져 가는 열선을 따라
하늘에 바쳐진 내가 놓여 있습니다

토끼를 죽이는 방법

—키보드 살인자

ㅎ, 하는 소리가 당신의 귀에서 들린다면
가끔 빨대를 의심하라
단정 짓지 말 것
ㅎ,과 꼭 닮은 절대자 혹은
화장실의 벽면을 바라보고 있다가
검게 탄 담배 자국만을 집중하다 보면
밤바다 위의 거인이 초승달의 달빛을 받으며
인간의 마을을 향해 고개를 돌리고 있는
ㅎ, 공간은 본질적으로 새로운 탄생이야
인간의 마을이 흰 바탕의 페인트칠에
오돌토돌 돋아 있었는데
ㅎ, 인간이 생각하는 우주가 벽에 축소되어져 있기도 해
그러니 귀에서 잉잉거리는 이명을 듣는 순간
ㅎ, 허공이 내 귀에 숨결을 불어넣고 있었지
어쩌면 변기에 쭈그리고 앉아 있는 나도
화장실의 벽에 그려진 거인도 실체가 아닌지 몰라
빨대란 심연과 맞닿게 하는 연결 고리 같은 것
귀에 모든 신경들이 모여 있다는 것을 당신도 알지?
당신의 사소한 고백 하나가
ㅎ, 나에겐 얼마나 많은 혈관을 자극하는 줄 알아?

ㅎ, 사소한 진실 혹은 농담 같은 당신의 솔직함이
누구에겐 끔찍한 살해가 되기도 하지
ㅎ, 무덤처럼 고요히 살 수 있게
그냥 내버려 둘 순 없나?
커튼을 치지 않은 방에 사는 것처럼
ㅎ, 혹시 실험용 토끼를 죽이는 방법에 대해 아시나?

문장의 변천사

그림자가 가지를 뻗는다
낡은 임대 아파트의 벽면을 쓰다듬는다
꿈틀거리는 나뭇가지마다 더듬이가 맺혀
그녀의 방을 향해 잠입해 들어간다
그림자는 액자와 달력 위로 뻗는다
형광등 빛을 채밀(採蜜)하기 위해 벽면을 핥는다
가만히 편광 사이로 그녀가 손을 내밀자
다른 벽지 위로 달아나 앉는다
환부를 도려내는 의사처럼
붉은 등을 단 경찰차가 도심으로 달려간다
취한 사내들이 거리를 가로질러 간다
고함을 지르며 쓰러진다
그림자는 실체보다 더 깊게 쓰러져
자신의 내부를 검게 태운다
잔바람에 날개를 움찔거리는 나뭇잎들
간신히 그녀는 그림자의 근육을 주시한다
그녀의 상체가 그림자의 나뭇잎들을 잡으려 하자
투둑, 몸 전체가 밑으로 쏠리며 바닥으로 떨어진다
그림자의 뼈마디가 뒤틀려
침대 스프링이 한 칸 더 낮게 내려앉는다

그녀의 없는 다리가 허공을 향해 나간다
울컥, 부딪쳐 신음 소리 나는 곳마다
그녀의 비틀어진 입술에서
그림자가 난다

나를 한번 비워 내기가 이토록 힘이 들었다

매화

발가락부터 숨결을 조율하며
애벌레 한 마리가 나뭇가지를 뚫는다
작은 몸짓이 빈 공간을 움직이며
생의 한가운데 자신이 놓여 있음을 깨닫는다
몸을 움츠리자 아침 공기 도톨도톨
솜털에 허공이 닿는다 음미하는 쪽이
허공인지 솜털인지 구분하지 않아도
뜨거운 열기가 물관 타고 전해지면
오후 가득 얼굴 붉어진다
내부에 나이테 켜켜이 쌓여
애벌레는 팽팽한 사방을 밀며 꽃자리를 만든다
꽃잎에 뭉쳐진 봄밤이 자란다
애벌레가 꼼지락거리며 지나가는 자리마다
나뭇가지에 세월이 묻어 나온다
몸을 밀어내는 공간만큼 붉어진 꽃잎은
일찍 그 빛을 잃을까 달빛이 숨을 내쉰다
솜털 오돌하게 찔린 별빛에서
벌레의 낮은 숨소리가 봄밤 가득 아련하다
우듬지까지 간 벌레의 발자국이
하나씩 하늘로 오르자 애벌레의 움직임이

나비처럼 차안과 피안의 경계를 가리지 않는다

용접공

비탈진 복숭아 과수원에 앉아 그는
용접용 마스크를 쓰고 불꽃을 튀기고 있다
나뭇가지에 맹아를 만들기 위해
날카롭게 햇빛을 튀기며 납땜질한다
바람과 습도를 조율하며
불꽃을 날리며
복숭아 가지마다 새싹들을 피워 올린다

위에서 내려다보면 그는 호수에 던져진 돌멩이다
꽃술의 접합 부위에 열기를 집중하는
그를 중심으로 비탈진 과수원에 잔물결이 퍼진다
불꽃에 젖은 꽃잎들이 활활거린다
붉게 퍼져 갔던 잔물결들이
다시 모여들어 꽃봉오리 속의 용심(龍心)●이 된다

철제문을 만들기 위해 그는
불꽃을 튀기고 있는 것인지 모른다
사물에게 문을 만든 다음 손잡이를 달아 주고
그 안에 열쇠 구멍을 만들어 넣는다
인간에게 내어줄 열쇠 하나

꽃봉오리마다 문틈이 열리는지

그의 뒤에 앉아

용접을 지켜보던 내 숨결도 발화된다

봉숭아 같은 엉덩이라는

오래된 은유를 통해

•모든 사물의 마음 또는 모든 생물의 제왕이라는 의미.

돌고래와 여행하는 법

해면 위로
검은 몸체가 드러날 때
지구는 CD 한 장이다
그 속을 내가 달려간다

정면으로 충돌한다
아스팔트에 머리를 부딪칠 때
그것은 저편으로 사라졌다
콧구멍에서 푸우 하고 요동치는
형체가 돌고래인지는 알 수 없다

문병 온 친구들이 CD를 튼다
돌고래는 오대양 안에서
원을 그리며 뛰어논다
마취에서 깨어난 발음으로
CD 안에서 검은 돌고래가 산다고 말하자
돌고래는 허공으로 꼬리를 감추며
내 위장 속으로 들어왔다
철퍼덕 꼬리를 한번 치더니
항문을 통해 뽀르릉 하고 나가 버렸다

CD 안에 생명체가 산다
아무도 손대지 못하는 돌고래들이
우리가 사는 곳곳에서
검은 피부의 몸체를 드러내고 있다

오늘도 여고생 한 명이
CD를 가방 안에 넣고 지하철로 뛰어들었다
돌고래의 짓이다
오대양을 돌고 돌아 환생하는
등 푸른 몸체들
CD 안에 제 몸을 숨기고
우리들을 향해 달려오고 있다

CD를 틀면 검은 몸체가 떠오른다
그것이 신호음이었는지는 알 수 없다
다만 우리의 몸속에 왔다 간
돌고래를 추억해 보는 것이다

음악의 파동을 따라
돌고래가 항진해 가는 곳을

반동으로 느끼며
지구의 한 모퉁이에서
이 어두운 밤
나를 향해
말을 걸고 있을지 모르는
CD 속의 돌고래들

방 속의 방

파드득, T.V 브라운관으로 싸락눈이 내린다. 스위치를 누르자 형광등은 애벌레로 눈뜬다. 아침이 빠져나온 이부자리가 봉긋하다. 지하방에 고여 있던 검은 공기들이 또각또각 흰 알을 낳는다. 알 속의 빛은 고개를 내밀며 꼬리까지 진저리 친다. 가늘게 배고픈 날숨을 뱉는다. 끈끈한 삶이 어둠의 껍질에 붙어 떨어지지 않으려 한다. 쓴 약 같은 더듬이를 뒤틀며 몸이 밀려난다. 탈피를 끝낸 방 안에 환한 그림자가 누워 있다.

…… 싸륵, 싸르륵거리며 담배 연기가 방 안의 공간을 찢으며 올라간다. 갓등 위에 앉아 있던 나방이 더듬이를 세워 찢어진 틈을 핥는다. 파드득 속의 흑백 알갱이들 날갯짓할 때마다 형광등이 떨린다. 구분 지울 수 없는 뒤척임도 잦아진다. T.V 브라운관으로 내리는 싸락눈은 모르스부호로 깜빡인다. 가만히 어깨를 말아 본다. 내린다. 이번 생(生)이 잔류로 남아 쓸쓸해진다.

삶이 다녀갔다

가출한 아이들이 동대문운동장 주변을 떠돈다
찌그러진 맥주 캔이 주먹다짐을 움켜쥘 때
승용차의 후미등이 붉어진다
꺾으려 할수록 미끄러지는 손바닥들
본드를 흡입한 아이들은 그게 맨드라미인 줄 알았다 한다
달빛 푸르스름한 눈빛이 빛나면
아이들은 도시의 난간이나
허물어진 공사장의 벽돌에 기대어 잠든다

막 앵벌이를 배운 아이들의 두 손이
하늘을 공손히 떠받치고 있다
삶이 다녀간 발자국은 손등에 남아
부탄가스를 마시다 터진 화재의 그을음이 끼어든다
널브러져 있는 라면 봉지들,
완공되지 않은 가건물에서 철제 빔을 흔들고 지나가는
바람의 연가(戀歌)를 따라 부르다 서로의 머리를 깨며
아이들은 삶이 되어 갔다고 한다

화장실에서 다리 벌리던 가쁜 숨이 도시를 떠돈다
탯줄과 함께 잘려져 나간 비명들, 흠집 많은

유리창에 반사되며 태아가 변기에서 꿈틀거리다
삶이 되어 괸 물 밖으로 걸어 나온다

물기 흥건한 발자국이 뚜벅뚜벅 내 몸에 찍힌다
검고 짙은 흙터의 삶이 다가왔음을 직감하며
나는 애기 귀신에게 몸을 내어준다
삶도 없고 나도 없고 오로지 울음소리만이 들렸다
아주 오래전 일이다

삶은 통과의례를 거쳐
성인(成人)이 되기까지의 시간을 의미한다
자기 자신을 어떻게 죽였는지 깨닫고 경악하기까지
오랜 후에야 알 수 있다

제3부

보이저 1호는
35년 만에 태양계의 끝에 도달했다

인간으로 살아간다는 게 이런 기분이라니
자면 된다
자면, 배고프지도, 외롭지도 않다

같다의 안과 밖

야자수에 내리는 스콜 같다
스콜이 내리거나 내린 후의 일 같다
같다라는 언어는 무당과 함께 춤춘다
토인들의 눈빛이 열목어를 닮았다
같다라는 언어 위에서 토인들을 내려다본다
나는 어느새 스콜이 내리는 풍경 속에서
외딴 부족과 함께 춤을 춘다
같다라는 언어를 중얼거리며
주문처럼 갈비뼈 뽑아내며
발가벗은 살 까맣게 태운다
열대림 속에서 나는
스콜과 함께 사라진다
앙상한 눈빛들,
같다라는 언어를 올려다본다
나는 싱싱한 인육(人肉)을 먹은 것 같다

편지에게 쓴다

李君, 나는 지금 혼자라네
저기 거울 앞 헤어드라이는 여전히 냉정하네
면봉 위의 먼지들은 날카롭게 신경을 곤두세우고
입고 나갈 와이셔츠를 빳빳이 세울 다리미와 분무기
그 어디에도 내 마음이 안주할 데가 없네
태풍은 북상 중이고 매미는
한여름의 태양 속에서 울고 있네
숙취로 늦게 일어난 아침
눅눅함이 수건에서 풍겨져 나오네
습기 때문이겠지 어젯밤 술에 취해
고장 난 탁상시계를 고치려 드라이버로
몇몇 나사를 풀었는데 다시 조립할 수 없었네
李君, 내 방은 한낮에도 형광등 불빛이 필요하다네
이렇게 출근하지 않은 아침
아무에게나 전화해서 사랑한다는
그 따뜻한 말 한마디 들려주고 싶었다네
이불을 걷을 때 뭉개져 나오던
귀뚜라미의 뒷다리에
내 눈은 왈칵 살가움 느꼈네
죽고 싶다거나 외롭다는 말은

구겨지기 쉬운 담뱃갑의 모서리처럼 순간적이었네
어느 날 사무 일지를 쓰며 이 익숙한 단어들의
문자가 맞는지 확인해 본다네
가끔 세상과의 관계가 참으로 낯설다네
李君, 태풍은 위액을 휘감고 북상 중이라네

어두운 상점의 거리

상점이 닫히고 오래 준비된 침묵이 찾아온다
찢긴 종이들이 우우 소리를 내며 시간 위에 날린다
표정을 잃을까 봐 도시의 밤을 뚫고 간다
아스팔트 위를 뚫고 간다 악을 쓰며 지나간다
무언가 눈으로 꽉 메어져 왔다 흩어졌다
변압기에서 찌이익 고압 전류가 타고
어떤 곳에서도 덧난 상처들은 비명을 질러 대지 않았다
아버지를 피해 떠돌아다니는 부랑 소녀를
역전에서 만나 나는 소주 몇 잔에 눈이 붉어졌다
곰팡 번진 벽지처럼 젖은 안개가 흐물거리며 내렸다
나는 빌딩 옥상으로 올라갔다 이상도 하지
무너지지 않는 고층 건물 난간에서 다시
한 번 마주 보는 바닥과의 거리를 인정한다
쓰레기통을 뒤지는 개의 눈이 빛났다
한때 별들이 알약으로 뜨는 줄 알았어요
그녀는 시신경 풀린 눈동자로 가로등을 바라보았다
눈이 꽉 터질 것만 같다 울음을 잊고 싶은 건
어머니의 자궁을 떠난 이후부터였을까
그녀의 손톱이 내 가슴을 할퀴며
어디까지 돌아갈 수 있을까

마른 가로수에서 장마철 습한 공기가 새어 나오고
안개는 발목 아래로 깔리며 우우
나는 더 깊게 신음(집에가자집에가서이야기하자)했다
안개 밖으로 떠도는 바람의 환유, 돌아보면
피톨 밖으로 새어 나간 체온(體溫)이 가늘게 떨렸다

마을버스

밥알을 닮은 눈빛들이 손잡이를 찾는다
구두굽이 어느새 한쪽으로 찌그러 들었다
창밖으로 긴 머리 여자가 울고 있다
사내의 취기가 자꾸 여자를
자기 쪽으로 끌어당기려 애쓴다
호프와 양주의 입간판이 좌회전에 쓸린다
마을버스는 어울리지 않는 사람들을
순대처럼 단단하게 움켜쥔다
창자를 따라 내려가는 음식물이 이러할까
헤드라이트가 주차된 차 밑을 비춘다
오래 묵은 담배꽁초와 정보지 한 장
불빛 사이로 잠시 비쳤다 사라지고
공복으로 눅눅한 얼굴들이 들어왔다 밀려난다
충청도와 전라도 사투리를 흉내 내던
그만그만한 중소 도시가 내 고향이었다
마을버스는 정차할 때마다
변비 앓는 사람들을 쏟아 놓는다
불 꺼진 반지하의 어둠을 더듬는 손
센서등처럼 어떤 지나침에 심장 두근거리면서
어머니와 함께 찍은 사진 한 장

그 뒷배경이 어지럽게 파꽃으로 피어난다

실내 야구장

야구공이 튕겨 나오자 싸락눈 내렸다
실내 야구장이 있고 간이식당이 있고
어느 도시에나 볼 수 있던 신호등과 휴지들
각기 다른 방향을 보면서 헤드라이트는
함박눈의 실루엣을 비춘다
너는 또 어디쯤에서 배트를 휘두를까
생각하는 동안 나 또한 공을 놓쳤다
공의 회전을 바라보던 머리가 어지럽게 떠돈다
동전 투입구 밑 토사물엔 좀처럼 눈발이 쌓이지 않고
움켜쥔 손으로 눈을 치켜뜨며 공을 보았다
허공을 가르며 내리는 눈송이만
헛헛하게 새벽 골목 지난다
작별이란 그런 게 아니다
공원의 나뭇잎 한 장이라도
주워 볼 의식이 있었더라면 별이라도 맑았을 텐데
제 몸이 다 문드러져야 버려지는
알루미늄 배트 위에 눈이 쌓인다
돌아보면 실밥 터진 야구공이 씁쓸했던가
언덕길을 오르는 발자국이
눈 위에 찍힌 것인지 눈 아래 찍히는 것인지

너의 영혼 하늘 향해 묻지 않았다

토기 굽는 사람

위성 안테나를 설치하는 기사의 손은
유연하게 전선을 끊어 단자에 접지시킨다
가스렌지를 점화하자 중심은 뚝배기를 감싸고
제 몸짓에 놀라 더욱 푸르러지며 불길을 연다
고층 아파트에서 투신한 가장(家長)은
나사를 돌리는 방향으로 밤하늘에 조여들며
빠른 속도로 우주에 휘감긴다
접점에 선 기사의 등에서 땀이 흐른다
가스불은 견고하게 뚝배기에 닿는다

베란다에 안테나를 고정시키자
중심은 허공을 향해 주파수를 찾는다
자신의 피가 불에 닿아 구워지는 것을
단단하게 앓아야 피가 물을 담아낼 수 있는
불의 용기가 될 수 있다는 것을
토기 굽는 사람은 알았을 것이다
중심을 잡아당기며 오목해진 토기에서
물 한 방울 불로 건져 올릴 수 있을까?
뚝배기에 닿던 푸른 불길로 토기 굽던 손길이
찌개를 감싸 안으며 보글거린다

위성을 찾으려는 안테나의 방향으로
수위는 깨진 유리창을 모으고 있다

바람은 떠나가는 쪽에서 자신이 긋던 흔적을 지운다

꽃피는 먼지

내가 내뿜는
조그만 숨결이
푸르고 금빛 나는 물 위
내가 감탄하는 것
하늘과 숲
물결의 장미 빛깔을
내게서 빼앗아 가게 되리라•

침묵 사이로 떠도는 것 공기 속에 오래된 흔적들이 층층이 쌓여 있는 것 하얀 장막에서 공기 하나를 잡아 깎는 것 칼을 다루는 손길에도 결연한 각오가 필요했던 것 사각사각 시간의 껍질로 벗겨지는 것 칼날에 뼈마디가 다치면 공기가 놀라 달아날 것 같아 조심스레 공기의 표면을 굴리며 깎는 것 눈물이 점점이 찍으며 풍경 소리로 울리는 것 투정 어린 물빛 지느러미로 파닥거리며 애인의 숨구멍이 턱턱 막히는 것 어디에도 뿌리내리지 못하고 호수 위 수초로 떠도는 것 어린 물고기의 눈동자로 헤엄쳐 오는 것 껍질을 돌돌 말아 필터에 끼워 피우면 마른하늘 냄새가 날까 공기를 맑은 햇살에 비추면 알알이 느낌표로 찍히는 것 애인의 뒷모습에 인이 박힌 것 공기의 폐 속으로 햇빛이 타들어 가는 것 살을 태우는 것 온몸의 창자까지 말려 소멸되는 것 순간의 날을 세워 공기의 씨앗을 발라내는 것 떨림 속으로 예리한 어지럼증이 일렁이는 것 라일락 향기 속에서 구전(口傳)으로 떠도는 것 붉은 꽃그늘 아래 묵언(默言)으로 떠도는 것 공기의 하얀 발자국들이 내 손가락에 즙액 한 줌으로

묻어 나오는 것

•폴 발레리, 「나르시스」.

숨겨진 계곡*

좋은 하루 부탁하네, 바탕화면을 클릭하며
황제찜질방 휴게실에서 자네와 만났네
탈의실에서 옷 입을 때 보니
사람들의 직업은 확연히 달라 보였네
한국부동산에 들어가 매물을 알아보았네
지도의 골목과 집들이 게임 속 장면으로 다가왔네

흠, 자넨 알겠지 숨겨진 계곡에선
누구도 확신을 가질 수 없다는 것 말야
부도난 사장에게 밀린 월급이라도 받아야 했지만
고의가 아니라고 생각하고 싶었네
사회에 적응하려면 좀 더 수련이 필요한지 되물으며
사채(私債)를 빌려 자취방으로 돌아올 때
참매미 울음에서 흙냄새 풍겨 왔네

그래, 실력을 아는 것은 부끄러운 일이 아니라네
벽에 붙은 이삿짐센터의 전화번호를 외우다
킥보드를 피하면 이사이사였는지
빨리빨리였는지 기억할 수 없었네
자네 말대로 현실은 게임보다 예측 불가능해서

지난달 레미콘 기사가 골목의 아이를 뭉갰는데
깨진 연골에서 수박 냄새가 풍겨 나왔네

집으로 가는 모든 골목이 가상현실의 길을 만들어
내 안의 핏줄을 잡아당기면 달이 뜬다네
이제 이승의 삶을 클릭할 차례라네

•온라인 게임 속의 한 장소.

지상의 필라멘트

이사한 불빛 속에 의자를 놓는 일은 중요하지 않았다
고여 있던 수돗물이 울컥 녹물을 쏟아 낸다
한참을 다 비워 낸 속은
공복 속 뒤틀린 사과 껍질 냄새를 풍긴다
외투를 벗어 벽걸이에 걸자 사람들의 목소리가
대지에 한 줌씩 떨어져 내렸다

필라멘트에 귓속말 같은 입김을 불어 보는 것
허공 속 낡은 길이 불빛에 닿자
노을이 곰팡이처럼 피기 시작한 벽지 위
노래기의 분주한 발가락들을 보며
그립다
어느 누구도 내 혀 위에 올려놓지 못했다

내부에서 마그마가 달아오르자
열기 맺는 봉오리에 대륙의 산맥들이 피어난다
숨구멍을 통해 수분이 나가는 것을 증산작용이라 하는데
누군가 성층권에 입술을 대고 소곤거리면
산맥을 중심으로 가볍게 꽃술들이 부풀어 오른다
양은 냄비에 물이 끓어오를 때

부치지 못한 문자를 수증기에 띄워 보낸다

어둠 저편으로 한순간 떠돌다
창틀에 내려앉는 먼지들
가슴속 잔상(殘像)들, 뿌리 맞잡아 비빈다
필라멘트에서 반짝이는 쓸쓸함이
의자에 앉아 흙냄새를 피워 올린다
의자는 우주의 중심을 닮은 허무를 앓고

목련시장으로 내리는 눈

눈이 내린다 목련꽃이 핀다 흰 결정체가 쌓인다
후미진 골목으로 불꽃이 닿는다
눈은 냉동된 북해산 오징어 위에
노점상 이 씨의 중국산 마늘 위에
불꽃으로 쌓이면서 불의 제단(祭壇)을 만들어 간다
분식점에서 나오던 연인들은
탄성을 지르며 스스로 꽃불이 된다
불똥은 가장 낮은 자세로
사람들의 바지와 신발에서 점점 발화점을 찾아간다
전파상 주인은 소형 카세트며 드라이기를 실내로 옮긴다
어쩌면 목련꽃이 타오르는 것인지도
주름 패인 한약상 노파는 충혈된 눈빛으로
멀지 않은 하늘에 처방전을 띄운다
하늘 한쪽이 지상에 발 디디며
스스로 길 내어 가는 불꽃들,
순간마다 사라지는 불티의 흔적을
노파의 굽은 척추는 뾰쪽한 모서리를 잡으며
폭죽으로 걸어간다 하늘 한쪽을
꽃잎 한쪽이라 불러도 좋을
머리핀이며 귀이개를 올려놓은 좌판 앞

불꽃들은 발에 밟히면서
비릿한 갈치의 눈으로 타들어 간다
택배 오토바이가 위태하게
비등점(沸騰點)을 달리며
겨울 오후 햇살에 몇은 또 불씨 되어 하늘 간다
떨어진 목련꽃이 검은 이유이다

돌 위의 이끼

99. 6. 4. 49제. 정해사. 저녁 7시. 가끔 삶이 암시적으로 다가왔다. 김용 선배가 죽었다. LPG통 밑으로 고양이가 지나간다. 서럽다. 지난 겨울 나는 그와 함께 Cafe에서 대화를 나누었다. 정원맨션 103호의 노파는 대추나무 옆의 건조대에 빨래를 건다. 위태하다. 안타까움은 통시적(通時的)이다. 시인이 되기 위해 소방관 시험을 봐야겠다고 말했다. 봄이었다. 소주잔 위에 뜬 눈동자를 마신다. 아무것도 이루지 못한 봄이다. 4월쯤 그가 도로 위에 있었을 때 나는 무엇을 했던가. 돌 위의 이끼들, 질기도록 사랑한다는 듯, 바람에 분분하게 흔들린다. 약간은 도식적인, 이 시대를 외면하는, 아니 외면하고 있다는, 스스로의 자학적인 상념을 깨뜨리세요.• 92. 4. 7. 그의 메모를 읽다가 창밖을 바라보았다. 노을 속에서 소나무가 불타올랐다. 숲이 익어 가는 냄새, 시계 속을 누군가 발자국 소리를 내며 걸어가고 있었다.

•故 김용 시인의 메모 중에서.

망원경으로 관찰해야 하는 이유

지름길은 후미진 골목으로 통한다 열은 따뜻한 쪽에서 차가운 쪽으로 이동한다 어제 빌린 아돌프 히틀러의 나의 투쟁을 도서관에 반납해야 한다 쾌청한 날씨는 고기압의 영향 강하게 살아남는 법을 배우고 싶었다 망원경 렌즈를 확대하여 행복열쇠점을 돌자 장난감 권총을 쥔 아이가 내 이마를 가늠한다 상처는 중심을 향해 있다 우유 대리점의 모퉁이에 주둥이 잘린 베지밀 병은 하늘을 향해 꽂혀 있다 내 연의 애인과 동반 자살했다는 신문 기사 위로 촘촘히 벽을 타고 오르는 잔금들, 담쟁이들 물체의 형태는 매우 적은 빛으로도 구별할 수 있다 옆방 여자는 매일 식칼을 갈아 햇볕 좋은 곳에 둔다 밀짚모자를 눌러쓴 인부는 아파트 단지의 잡초를 제거하고 있다 기계음 소리에 내가 다 빨려 들어갈 듯하다 조팝나무 아래 잘린 풀 냄새가 질푸르다 산화란 산소와 결합한 물질을 말한다 반대로 본 망원경 렌즈에 애인이 먹는 피임약이 염주알처럼 묶여져 아득하다 오늘은 군에 간 친구에게 헤어진 애인은 나와 함께 잘 있다고 엽서를 부칠 것이다

사원(寺院)에 핀 맨드라미

어디서부터 끊긴 첫사랑인지 찾기 위해 지도를 펼칠 필요는 없다 심연의 윤곽마다 환영이 있고 나는 굴다리를 통해 소녀의 환부로 들어간다 풍경 소리가 깨우는 것은 내 기억이 아니라 바람의 정신, 눈 감고 그릴 수 있는 길들, 혜봉원(慧奉院)의 비구니는 내가 아는 소녀와 함께 살고 이 길의 끝, 바람은 목울대까지 차올라 어지럽다

원심력은 질량의 관성 때문에 나타나는 힘
그것을 나는 추억이란 말로 이해했다

한 시대의 우상이 영화 포스터에 각인되어 있다 찢어진 청바지를 입은 소녀가 피임약을 사들고 먹구름 낀 사원으로 들어간다 늙은 작부의 노래는 저 대목쯤에서 젊은 시절을 추억하곤 했다 툭— 불거진 힘줄 한 가닥, 우우 습관대로 꿈틀거리며 지나가는 기차

온몸이 끓어오른 여치들 아무리 울어 대도
발열을 내뿜는 여치를 본 적이 없다
바다가 태양 위에 머무르는 시간을 저녁이라 부른다

환부 속으로 들어가서 사원에 핀 맨드라미를 보았다 소녀의 어머니인 비구니는 멀리서만 나를 바라보았다 벽을 타고 내리는 검은 물줄기들, 송학동 굴다리를 돌아보면, 사람들의 고함 소리에 갈라진 틈, 허공을 떠돌고 있다 지구의 반대편에서 가로등이 반짝거릴 때 굴다리를 빠져나오면 소녀였을 위장이 내 안에서 뒤틀린다

투명한 유리창에 새 한 마리가 날아와 부딪쳤다
또 하나의 언어가 사라졌다

호두나무

종이 위에서 나무가 자란다 아침은 내가 없던 사이에 그 자리를 찾아왔다 호두나무 속으로 들어가 잠들고 싶었다 태양의 둥근 열매, 안으로 들어갈수록 빛나는 중심, 눈동자 가득 나이테 긋는다 실핏줄로 내리는 햇빛들, 나뭇가지마다 또아리 틀어 우듬지를 향한다 왜 무의식은 구체(球體)를 닮아 있을까 마을 초입에 매달려 있던 호두알들 뇌(腦)의 형상으로 세월을 뭉친다 장시간 통화에 귓불 뜨겁다 뿌리부터 억세게 밀어 올렸을 수액을 생각하자 어머니라는 이름이 무덤 속에서 아득하다 걸어서 아팠는지 아파서 걸었는지 끊임없이 둥근 것을 만지고 싶어 햇빛 속을 걷는다 원점(圓點)의 안테나 세워 문자 메시지를 띄운다 지상 위로 가지를 틀고 있는 호두나무, 꿈꾸듯 둥근 하늘을 어루만진다 지구 하나를 주먹 속에 동그랗게 말아 쥔다 잠들고 싶은 자리마다 빈 호두가 열린다 종이 위에서 나무가 자란다

풀씨 많은 흙길

안개 속으로 짓다 만 철근이 솟아 있다 책임져야 할 생명이 내 나이에 비해 너무 빨리 찾아온 것이다 지상의 공기는 흙 속으로 들어가고 흙 속의 공기는 다시 지상으로 나온다 부도난 건물은 이슬에 낡고 지루한 녹물을 쏟아 낸다 창을 열면 남아 있던 가솔린 냄새에 역한 속이 들끓는다 침은 입 속에서 발생한 산을 중화시킨다 길은 밀린 빨래처럼 널브러져 있고 싱크대의 설거지는 수술대의 애인처럼 다리를 벌리고 있다 이해로 책임이 면죄되는 것은 아니다 시인 랭보는 상아와 무기 밀수업자가 되었다 문득 낙태한 아이의 이름을 불러 본다 안녕, 손가락의 온기가 축축하게 벽을 긁는다 재떨이는 전자렌지 안에 두고 담배를 냉장고에서 찾는 나의 건망증은 집착에 연유한다 물새는 강의 중심을 관통하는 줄 모르고 날아간다 안부쯤은 물었을까 샛강 따라 걷던 생각을 취기 속에서 묻는다 애인의 눈동자에서 물안개가 피어오르고 풀벌레 소리 이름 없는 들풀들에게 묻어 두자 풀씨 많은 흙길에 바람 잘 날 없다

전구

만 개의 전구를 싣고 검은 트럭이 달린다
맨 처음 나뭇가지에서 지상으로
날개를 펼치지 못하는
어린 새처럼 전구는 검은 트럭 안에 쌓여 있다

만 개의 전구를 싣고 검은 트럭이 달린다
사고 현장엔 어떤 경찰관도 보이지 않는다
터져 나온 전구들이 밖을 살핀다
필라멘트를 건드리며 흰 구름들이 흘러간다

만 개의 전구를 싣고 검은 트럭이 달린다
쨍쨍한 가을 하늘 속을 달린다
상수리나무에 알맞은 전구가 열린다
사과나무에 알맞은 전구가 열린다

만 개의 전구를 싣고 검은 트럭이 달린다
교회의 십자가에 전구가 열린다
아파트의 가스관에 전구가 열린다
노란 물탱크에 전구가 열린다
열린 전구들이 알을 깨고 나온다

애인의 얼굴에도 불이 들어오려는지

조금 전부터 붉어지고 있다

탁촉(啄促)의 순간

지구의 반대편이 어두워진다

만 개의 전구를 싣고 검은 트럭이 달린다

터널

터널 속으로 빨간 자동차가 지나간다
남자는 간단하게 곱창을 뒤집는다
터널 속으로 파란 트럭이 지나간다
뒤집힌 곱창이 타들어 간다
터널 밖으로 소녀가 뛰어나와
긴급 신호를 보낸다
남자는 단순하게 곱창을 먹는다
터널 안의 전구는
빛을 잃을 때까지 밖으로 나오지 못한다
터널 속으로 노란 유치원 버스가 지나간다
삶의 구간이 연속적이라고 생각하지 않는다
드문드문 터널 밖으로 나오는 차들을 통해
누군가 하늘의 터널을 통과해 갔다
차례가 된 듯한 표정으로
허공에서 불쑥 젓가락이 내려온다

해설

돌의 무게로만 날아갈 수 있는 허공

김익균(문학평론가)

1.

최승철 시인의 첫 시집 『갑을 시티』가 출간되면서 화제가 되었던 걸 기억한다. 일명 '문장-콜라주'라고 불릴 정도로 의사-철학적인 인유가 많음에도 불구하고 실험적인 문장들의 질주와 그사이 언뜻언뜻 드러나는 서정의 기율이 인상적이었다. 두 번째 시집 『키위 도서관』은 무엇보다 최승철 시인의 서정에 대한 관심을 불러일으키는 계기가 될 것 같다. 이 시들은 우리에게 익숙한 서정시(리얼리즘 시들 역시 전통적인 서정을 옹호한다는 점에서 기존의 서정시에 포함시킬 수 있다)에도, 서정의 절대성에 도전하고 내파시키려 했던 2000년대의 새로운 흐름[1]에도 기대지 않는다. 2000년대를 통과한

---

[1] 소위 미래파로 불리는 새로운 시적 경향의 긍정성을 밝히는 논리는 다음을 참조할 수 있다. 권혁웅의 「행복한 서정시, 불행한 서정시」(『문예중앙』, 2006.여름), 이장욱의 「꽃들은 세상을 버리고—다른 서정들」(『창작

지금-여기의 시들이 "종래의 실험 단계에서 어떠한 자양분을 몸에 지니고 나왔느냐"[2]는 질문이 필요한 시점에 놓여 있다면 앞선 실험들에 대한 의식적인 차별화 혹은 특정 경향에 포섭되려는 강박 양쪽으로부터 자유로워 보이는 최승철의 서정은 나름의 대답을 준비하고 있다.

돌의 안은 돌의 밖을 향해
끊임없이 안간힘을 썼을 것이다
그것으로 돌은 돌이 된다
그 자세가 도달하려는 궁극이
자신을 깎아 작게 만들고
헛헛하게 되고
마침내 돌에 닿는
하늘의 면적이 더 커졌을 것이다
오목해진 허공에 손을 넣어
돌의 무게가 느껴지는
층층이 혹은 겹겹이
하늘이 되었을 것이다

—「시인의 말」 전문

과 비평』, 2005.여름), 김수이의 「시, 서정이 진화하는 현장」(『문예중앙』, 2006.여름).

2 김수영, 「요동하는 포즈들」, 『김수영전집』 2권, 민음사, 2004. 김수영은 시인 개인의 실험에 대해서 언급하고 있지만 우리 시단 전체가 각자의 방식으로 이 실험의 자양분을 지니고 나왔다고 봐야 할 것이다.

돌은 그저 돌이 아니라 돌로 있기 위한 안간힘을 통해서 돌일 수 있다. 그런 안간힘 끝에 저기 놓인 돌이 부스러져 사라진다는 것은 서러운 일이다. 하지만 시인은 돌을 감싸고 있는 설움을 넘어 돌이 돌이기 위해서 갖는 인내와 용기, 굴욕과 분노에까지 틈입한다. 그 모든 정념들 속에서 돌은 부스러지고 그럴수록 하늘과 돌의 접촉면은 넓어져만 갈 것이다. 하늘 아래 아무 연고도 없는 돌이고 보면 하늘로 돌아가는 게 맞는지도 모르겠다. 시인은 돌이 땅으로 돌아간다고는 말하지 않는다. 돌에게도 혼백(魂魄)이 있다면 시인은 돌에게서 백(魄)이 아니라 혼(魂)을 보고 있으며 그것은 시인의 지향성을 드러내는 표지인 셈이다. 돌은 바스라져서 사라진 것 같지만 사라진 것은 혼이 되어 하늘을 이룬다. 하늘은 사라져 간 것들 하나하나의 사연이며 그렇기에 하늘은 하늘인 것이다. 시인의 하늘은 돌의 무게로 묵직하다.

돌이 돌인 세계는 서정적 동일성의 세계다. '나는 나'라는 동일성의 신화를 시인은 받아들이지 않기에 그 속에 "안간힘"을 집어넣는다. 최승철의 시에서 전경화되는 안간힘은 동일성이 마술적으로 획득되는 초월 은유나 어떠한 동일성도 애초에 불가능한 것으로 전제하는 절대 은유로는 표현할 수 없는 어떤 것이다. 돌에게서 "안간힘"을, 허공에게서 "돌의 무게"를 느끼는 시인의 서정은 2000년대 우리 시의 실험을 관통해 돌의 무게로만 날아갈 수 있는 허공의 세계를 열어 보이고 있다.

2.

보편 시간, 표준 시간 체제가 우리를 구성하고 있는 한 산다는 것은 현재로부터 소외를 심화시켜 가는 과정일 수밖에 없을 것이다. 맑스가 일찍이 "시간이 전부이고 인간은 더는 아무것도 아니다. 인간은 기껏해야 시간의 구체화일 뿐이다"[3]라고 외쳤듯이 우리의 시간은 벌어야만 할 돈, 벌기도 전에 빌려 쓴 돈, 미래를 위해 준비해야 할 돈, 이미 써 버린 돈의 질서에 다름 아니다. 아래의 시는 출장 간 남편의 보편 시간을 가리키는 탁상시계와 그 속에 갇힌 원초적 시간에 대한 구체화로 보인다.

살인하고 싶은 방이다
뱀장어는 적도를 향해 나아간다
출장 간 남편을 기다리며
수면 아래 방은 옅은 파동으로 일렁인다
와이셔츠를 펼치면 다림질의 동선은
가슴지느러미에 휘감긴다 난기류의 흐름이
산호에 걸려 흰 꽃봉오리를 맺는다

적도를 따라 펴지는 구김들

---

3 칼 마르크스 저, 김문현 역, 「철학의 빈곤」, 『경제학 철학초고/자본론/공산당선언/철학의 빈곤』, 동서문학사, 2008.

잔물결을 따라 오돌토돌한 모래알이 굴러 온다
다리미 밑으로 각이 잡히는 질문들
바위와 진흙의 틈에서 물의 호흡을 빌린다
보글거리는 방,
수면 위로 젖가슴을 밀고 올라간
외도에 대한 심증의 꼬리는
어김없이 아가미에 뭉게구름을 피운다
반복적인 전류는 점점 전압이 높아지는 중이다

적도를 향해 뱀장어는
차근차근 염분이 높은 위도를 넘어간다

어제의 뭉게구름이 오늘의 수면 위로
어떻게 대칭을 이루는지를 생각할 때
알람이 방을 흔들고 지나간다
그녀의 손은 다리미를 움켜쥔다
탁상시계 밖의 수면은 점점 심해로 근접해 간다
뱀장어의 전류는 자신의 몸을 감전시키지 못한다
살인하고 싶은 방이다

—「뱀장어를 품은 탁상시계」 전문

출장 간 남편을 기다리며 남편의 외도를 의심하는 아내가 살인을 욕망하고 있다. 이것은 보편 시간 속에 갇혀 있는 원초적 시간의 알레고리가 아닌가. 알레고리는 특정 단어나 문장을 넘어서 지속되는 확장된 은유라고 할 수 있는데, 그것이 전혀 다른 것을 지시하게 되면서 그 의미가 모호할 때는 '정답이 존재하지 않는 수수께끼(enigma)'로, 그 의미가 명확할 때는 아이러니로 나아가는 경향을 보인다. 수수께끼를 지향하는 「뱀장어를 품은 탁상시계」의 첫 행 "살인하고 싶은 방이다"는 먼저 밤이 아니라 "방"이라는 명명의 낯섦이 눈길을 끈다. 특정한 정념이 들끓는 '밤'이라는 시간이 강조될 때 우리는 낭만주의적인 도취 속으로 시인과 함께 빠져들게 될 터인데 정작 시인은 오늘도 내일도 살아 내야 하는 일상의 "방"을 전경화하여 방을 지배하는 시간, 출장 간 남편의 보편 시간을 바로 드러낸다. 회사에서 점심시간이 오기를 기다리고 퇴근 시간이 오기를 기다리듯이 일요일이 오기를 기다리고 약속된 그날이 오기를 기다리듯이 기다림은 보편 시간의 도덕률이다. '시간'이 올 때까지 우리는 기다린다. 하지만 기다리는 사람의 "수면 아래"에는 어찌할 수 없는 "옅은 파동"이 일렁이고 있다. 뱀장어의 전류처럼 "자신의 몸을 감전시키지 못"하는 생명력은 "외도에 대한 심증의 꼬리"를 빌미로 (무슨 빌미든 생기기만 하면) "살인"을 꿈꾼다. 오늘도 뱀장어를 품은 탁상시계의 "알람이 방을 흔들고 지나"가고 불안이 "뭉게구름을 피"우는 동안 뱀장어의 전류는 억눌러 놓았던 황홀한 감각들을 깨운다. 이 감각이 "자신의 몸을 감전시"킬 수만 있다면 우리는 서정의 동일성에 도달하리라. 하지만 "그녀의 손은 다리미를 움켜"쥘 뿐, "살인하고 싶은 방"에는 "전압이 높아"만 간다.

유리창에 흰 뼈마디가 있어
눈부신 꿈틀거림에 초점을 잃곤 했다
사내 안에 결이 있다는 것을 눈치챘을 때
미르는 미세한 부분으로부터 조금씩 육체를 빼 가곤 했다
시간을 유리 안으로 끌고 들어가는 중이다

미르의 발톱은 밖으로 빠져나가려는 사내를 할퀴며
사방으로 퍼지는 빛줄기를 제압한다
유리 밖의 사내는 간혹 빛이 응어리진 소(沼)에서
(포로가 되거나 노예의 신분이 아니다)
시선을 빼앗긴 것 외엔 어떤 외도도 한 적이 없다

분명 미르의 용솟음을 눈치챘을 것이다
유리 안에 갇힌 핏물이 귀밑을 흘러
턱에 닿을 때까지 사내는 소리쳤을 것이다
눈을 뚫고 나오지 못한 발광들
유리에 비친 사내의 심층을 보고
표면의 사내는 미소 짓곤 했을 것이다

어디선가 유리창이 깨진다
미르에게 갇혀 있던 사내의 세월이 터져 나온다
어떻게

한 번도 본 적이 없는 아버지가

내 앞에서 이렇게 왜소하게 서 있는가

—「미르를 만난 적이 있다」 전문

최승철의 시 세계에는 출장 간 남편의 시간("탁상시계") 속에서 꿈틀거리는 뱀장어가 있는가 하면 유리창을 깨뜨리는 거대한 신화 동물 "미르의 용솟음"도 있다. 시인은 번쩍이는 유리창에서 "흰 뼈마디"를 보았는지도 모른다. "빛이 응어리진 소(沼)"에 "시선을 빼앗긴" 사내. 유리에 갇혀 있던 "사내의 세월이 터져 나"오면 어느 결엔가 왜소해진 아버지가 그 자리에 서 있다. 유년기의 기억 속에 자리 잡은 신화적인 아버지와 어른이 된 아들의 눈에 비로소 들어오게 된 노쇠한 아버지의 대비를 통해서 드러나는 익숙한 대칭 구조에도 불구하고 시인은 왜소한 아버지를 목도한 아들의 애달픔에 갇히지는 않는다. 오히려 "눈부신 꿈틀거림"이 있었다는 것, "어떤 외도도" 없이 미르에게 시선을 빼앗긴 사내의 "발광"이 있었다는 것에 시인은 여전히 매혹되어 있다. "눈을 뚫고 나오지 못한 발광들"을 가진, 미르이자 시인 자신인 사내가 "왜소하게 서 있는", 자신의 미래인 아버지 곁에 설 때 비극적 세계관은 정점에 달한다.

어디서부터 끊긴 첫사랑인지 찾기 위해 지도를 펼칠 필요는 없다 심연의 윤곽마다 환영이 있고 나는 굴다리를 통해 소녀의 환부로 들어간다 풍경 소리가 깨우는 것은 내 기억이 아니라 바람의 정신, 눈 감고 그릴 수 있는 길들, 혜봉원(慧奉院)의 비구니는 내가 아는 소녀와 함께 살고 이 길의 끝, 바람은 목울대까지 차올라 어지럽다

원심력은 질량의 관성 때문에 나타나는 힘
그것을 나는 추억이란 말로 이해했다

한 시대의 우상이 영화 포스터에 각인되어 있다 찢어진 청바지를 입은 소녀가 피임약을 사들고 먹구름 낀 사원으로 들어간다 늙은 작부의 노래는 저 대목쯤에서 젊은 시절을 추억하곤 했다 툭— 불거진 힘줄 한 가닥, 우우 습관대로 꿈틀거리며 지나가는 기차

온몸이 끓어오른 여치들 아무리 울어 대도
발열을 내뿜는 여치를 본 적이 없다
바다가 태양 위에 머무르는 시간을 저녁이라 부른다

환부 속으로 들어가서 사원에 핀 맨드라미를 보았다 소녀의 어머니인 비구니는 멀리서만 나를 바라보았다 벽을 타고 내리는 검은 물줄기들, 송학동 굴다리를 돌아보면, 사람들의 고함 소리에 갈라진 틈, 허공을 떠돌고 있다 지구의 반대편에서 가로등이 반짝거릴 때 굴다리를 빠져나오면 소녀였을 위장이 내 안에서 뒤틀린다

투명한 유리창에 새 한 마리가 날아와 부딪쳤다

또 하나의 언어가 사라졌다

—「사원(寺院)에 핀 맨드라미」 전문

이 시는 뱀장어의 "전류"나 미르의 "발톱"을 드러내지도 않는다. 과거가 현재로 회감(回感)하고 자아와 세계가 융합하는 신화시대의 본원적 체험의 세계가 펼쳐진다. 익산시 모현동에 위치한 혜봉원은 전설 같은 바람이 "목울대까지 차올라 어지"러운 곳이다. 비구니의 딸로 보이는 소녀를 추억하며 시인은 "바람의 정신"을 깨운다. 어떤 사연이 있었느냐고 묻지 않고도 독자들은 자신의 "추억" 속을 걸을 수 있으리라.

뱀장어의 꿈틀거림이나 미르의 용솟음이 탁상시계나 유리창에 갇혀 있었다면 「사원에 핀 맨드라미」에도 '추억 속의 사원에 갇혀 있는 맨드라미'라는 구조적 상동성이 유지된다. 현실에서는 "한 시대의 우상이 영화 포스터에 각인되어 있"고 "찢어진 청바지를 입은 소녀가 피임약을 사들고 먹구름 낀 사원으로 들어"가 버린다 해도 '절망'해서는 안 된다. "우우 습관대로 꿈틀거리며 지나가는 기차"가 뱀장어처럼 살인을 꿈꾸거나 미르처럼 유리창을 부숴 버리지는 않지만 우리는 "소녀였을 위장이 내 안에서 뒤틀"리는 것을 느낀다. 시인의 몸과 소녀의 추억은 이러한 뒤틀림을 통해서 순간적으로만 이어질 수 있다고 경고하는 듯이 새는 전 존재로 부딪쳐 와 "투명한 유리창"을 확인한다.

「사원에 핀 맨드라미」에서 노정되는 추억의 환부는 도처에 있다. 밀레의 그림 속 "가지 못한 시원(始原) 쪽으로 화물칸이 덜컹"하는 순간에도 시는 태어난다. 시원은 "오렌지빛 장엄 속"에 있다면 장엄은 "이삭 줍는 여인의 까칠한 손"이 시인의 "몸을 어루만지"는 구체적 감각 속에 있다. "역 광장의 집비둘기"처럼 "갈비뼈를 부비며 서로의 온기에 기대"어 드는 잠이나 "점점이 눈송이 되어 내린" 얼어붙은 땅을 뚫고 돋아나는 "씀바귀 냄새"는 일상성 속에 깃들어 있는 성스러운 감각을 일깨운다.(이상 「이삭 줍는 여자」) 이처럼 예술은 일상 속에서 일어나는 생명의 기미를 구체적 이미지로 되돌려 주는 특별한 힘을 갖는다. 최승철의 시 세계에 깃든 예술 정신은 돌이 부스러져 하늘의 일부가 되는 과정에 참여하는 힘이리라.

3.

원형적 자연과 화해할 수 없음에도 불구하고 도시의 일상에 가려진 우리의 광기는 소녀의 환부처럼 "이삭 줍는 여인의 까칠한 손"의 어루만짐을 필요로 한다. 최승철의 시에서 그러한 장엄한 어루만짐을 수행하는 것은 예술이었다. 시인에게서 어루만짐은 전통주의적인 초월 은유나 탈근대성에 기대는 절대 은유와 구분되는 치환 은유에 의해 이루어진다. "은유는 어떤 사물에 다른 어떤 사물에 속하는 이름을 붙여 주는 것"이라는 아리스토텔레스의 정의나 "한 단어를 다른 단어로 바꾸기, 그것이 은유의 공식이다"라는 라캉의 언명은 특히 치환 은유의 핵심을 지적한 것이다. 시인은 치환 은유의 원리를 과시하듯 "다른 명명법으로 말하자면"(「서사시를 쓰는 저녁」)이라는 어법을 즐기는데 돌이 돌이기 위해 안간힘을 써야 한다는 자의식은 초월적 동일시가 불가능하다는 것을 알면서도 포기하지 못하는 자의 것이었다. 이러한 치환 은유의 욕망은 궁극적으로 알레고리로 나아간다. 그런 의미에서 이번 시집의 서시와 표제시는 시인의 (무)의식을 충실히 따르고 있다.

다 늦은
애인과 저녁 식사
접시 위에
'카레'라는 말을 놓고
칼로 잘라 내었다

둘로 나누어져 먹는다

질긴 고기처럼
그리움은
부재(不在)를 깨닫는 자리이다

재(在)의 가운데

흙 토(土)처럼

깨닫는다

—「그림자 식사」 전문

헤어져 있는 "애인"과 시인이 각자 식사를 한다는 알레고리가 시집의 서시로 놓여 있다. 시인의 말(언어)이 오브제처럼 접시 위에 놓이고 "둘로 나누어져" 각자 먹는 장면은 '시인과 그림자'를 연상시킨다. 하지만 나는 '시'를 잘라서 나눠 먹는 '시인과 독자'의 실존으로 읽고 싶다. 시인이 자기 자신일 수 없는 서정의 불행은 시인과 독자의 관계에서도 반복된다. 시인이 발표한 시는 이미 시인의 것이 아니라 독자 '들'의 것이라는 말이야 얼마나 지당한가. '우리는 누구나 타자'라는 쿨한 언표들……. 하지만 시인은 자신의 언어와 "그리움"으로 맺어져 있는 부재의 독자를 깨닫는다. 시를 매개로 우리는 "질긴 고기"를 씹듯이 "부재(不在)를 깨닫는 자리"에 함께 초대된 것이다. "내가 존재하지 않는 곳에서 나는 생각한다/ 따라서 나는 생각하지 않는 곳에 존재한다고 라깡이 말했다"(「붓다를 만나면 붓다를 그리고 붓다」, 『갑을시티』)라는 『갑을시티』의 '문장-콜라주'를 "부재(不在)를 깨닫는 자리"라는 자신의 목소리로 번역해 냈다는 점에서 이번 시집이 도달한 서정의 위의(威儀)는 소중한 것이다.

서시와 더불어 표제작인 「키위 도서관」 연작 역시 재미있는 알레고리로 독자를 유혹하고 있다. 날개가 퇴화하여 날지 못하는 새, 발톱으로 격렬하게 적을 차서 자신을 보호하는 새 '키위'를 내세운 데서 보들레르의 '알바트로스'에 맞장 뜨는 최승철 시인의 결기를 느낄 수 있다. 비록 날지는 못하지만 알바트로스처럼 뱃사람들의 놀림감이 되지는 않겠다는 결의의 발길질!

「키위 도서관」에는 조카를 맡기러 온 이혼한 형을 보면서 "피가 온몸을 순환하는 데 걸리는 시간은 46초"라고 진술하는 서사적 자아가 있다. "시간을 측량하는 기술"이 "칼을 만들던 기술"과 동일하다는 에피그램을 증명하듯 시인은 형에게 비난의 칼날을 겨누고 만다. 형에 대한 측은한 마음에도 불구하고 "과거의 달"을 바라보는 시인은 자신이 "칼"을 지닌 존재라는 것을 인정할 수밖에 없다.(이상 「키위 도서관 1」) 한편 공기를 액체 상태로 가둬 버리는 "-200℃"의 억압의 세계에서 고양이는 단맛을 느끼지 못하는 "돌연변이"로 취급된다. "올바른" 것의 기준을 제시하기 바쁜 규율 사회에서 시인은 집 없는 고양이의 웅크림에, 가난한 자들의 겨울에 자신을 포개어 놓는다.(이상 「키위 도서관 3」) 이러한 시적 자의식 속에서 "태풍은 이동하는 동안 표층의 해수를 혼합시킨다라는 문장을 나는 눈시울이 뜨겁다는 말로 받아들였다"(「키위 도서관 4」)는 아름다운 문장이 힘을 얻을 수 있는 것이다.

계단을 따라 당신은 자꾸 아래로 걸어가는데
불러 세울 수 없는 마음으로
조금씩 당신의 상반신이 사라지는 동안

칼보다 종이에 베였을 때가 더 아팠다

누군가는 고무줄의 끝을 놓아야 하는데
이 모든 게 현실이라니
내가 고무줄 끝을 붙잡고 있었던 것은
당신을 위한 위로가 아니라
계약직 만기가 끝난 오월 어느 날이었는데

당신이 서둘러 광화문 지하철역으로 접어들었을 때
손끝에서 놓여난 고무줄이
먹먹하게 나를 때리는데, 아프지 않았던 것은
우리가 책임지기에는 빚이 너무 비현실적이었다

—「고무줄놀이」 부분

시인은 고무줄놀이를 이야기하지만 '놀이'에 대한 도취에 빠져들지는 않는다. 인용하지 않은 전반부 고무줄놀이의 바깥에는 "어찌할 수 없는" 세계가 놓여 있다. "직장 상사의 알력" "카드 대금" "계약직 만기" 끝없이 밀려들어 오는 세계의 무게로 "고무줄이 팽팽하게 늘어나"다가 마침내 "손끝에서 놓여"나고야 만다. 고무줄놀이의 공간은 시인과 아내 둘만이 만들어 가는 공간의 알레고리이다. 이 이질적인 둘의 공간을 헤테로토피아(hétérotopie)라고 부를 수 있겠다. 푸코는 자신만의 헤테로토피아 혹은 헤테로토피아'들'을 갖지 않는 인간 사회는 존재하지 않는다고 언명한다. 누구나 자신이 구성·설정하는 헤테로토피아의 종류 혹은 방식에 의해 자신의 유토피아를 구성하게 된다고 할 때 시인이 세계의 비참 속에서 만들어 내는 자신의 유토피아의 형태는 '시인과 아내' 사이의 고무줄놀이 속에서 언뜻 드러난 셈이다. 하지만 이 공간은 우리를 억압하는 현실에 의해 끊임없이 침해당하고 결국에는 무너져 내리고 만다. 하지만 시인의 고무줄놀이를 망가뜨리는 것이 단일한 현실이라고 단정하지는 말자. 그것은 "너무 비현실적"인 현실'들' 중 하나일 뿐이지 않던가. 무너져 내리는 '비현실적인 현실'들만큼이나 많은 자기만의 '현실적인 현실', 방 속에 "탈피를 끝낸 방"을 발명해 나가는 것이 우리 일상의 역능이니까. 그 방에는 언제까지나 "구분 지울 수 없는 뒤척임"이 남아 있으리라. (이상 「방 속의 방」) 마지막으로 시인의 체취가 물씬 풍기는 「서사시를 쓰는 저녁」을 읽는다.

곰돌이 푸우씨는 한때 나를 위해
더러운 모든 일을 도맡아 주었던 사람
똥꼬에 달라붙어 있던 이물질을 닦아 주던 사람
콧물도 맨손으로 쓰윽 닦아 주던 사람
최선을 다해 등 토닥여 주던 사람
불쌍한 곰돌이 푸우씨, 당신이
이렇게 쉽게 허물어질 줄 몰랐어
오고 갈 데도 없이 한곳에 앉아 멍하니
허공이나 보게 될 줄

어릴 적에 어떻게 알았겠어

한때 당신의 뒷모습을 보는 것만으로도

가슴이 부풀어 올랐지

억척스럽게 살림을 도맡아 주었는데

벽에 기대어 하릴없이 고개 숙인 모습이라니

이젠 물기 없이 말라 가는 낯빛이 나를 닮았네

곰돌이 푸우씨, 이렇게 사랑이 말라 가다니

곰돌이 푸우씨는 싱크대 위에 놓인 푸른 수세미다

다른 명명법으로 말하자면 자식을 위해

자신의 삶을 기꺼이 바친 어머니의 모습이다

고작 사랑을 위해 갈리거나 문질러져

낡아진 노년의 모습이라니

방치된 고통으로 온전히 약해지는

끝끝내 고통을 품고 있는 서사시

아니, 자살도 실패한 합성수지

—「서사시를 쓰는 저녁」 전문

곰돌이푸우씨는 누구인가. 수세미와 어머니는 치환 가능한 존재인가. "나를 위해/ 더러운 모든 일을 도맡아 주었던 사람" 즉 어머니는 "이젠 물기 없이 말라 가는 낯빛"으로 "싱크대 위에 놓인 푸른 수세미"로 (치환) 은유된다. 지금은 "이렇게 쉽게 허물어"져 "한곳에 앉아 멍하니/ 허공이나 보"는 "자신의 삶을 기꺼이 바친 어머니의 모습", "고작 사랑을 위해 갈리거나 문질러져/ 낡아진 노년의 모습"으로 곰돌이 푸우는 놓여 있다. 낡은 곰돌이로 표상되는 어머니의 모습은 미르였던, 왜소하게 서 있는 아버지와 나란하다.

아버지, 어머니, 형, 소녀……들이 명멸해 가는 "끝끝내 고통을 품고 있는 서사시" 『키위 도서관』에서 우리는 시인의 그림자를 만날 수 있다. 시인은 돌이 돌이기 위해 품어야 했던 "안간힘"을 관찰하는 과정에서 시인 자신의 영혼의 본질을 펼쳐 보여 주지 않는가. 이번 시집의 주체는 자신의 눈길이 닿은 대상들과의 고통스러운 일치를 통해 자신을 개방하고 있다. 시인의 '그림자 식사'에 초대된 이들은 이제 "수술대의 애인처럼 다리를 벌리고 있"는 "싱크대의 설거지" 앞에서 이 고통들의 면면을 대면하며 투덜거리겠지. (「풀씨 많은 흙길」) "낯빛이 나를 닮았네".